다시 길 위에서

시와반시 기획시인선 029
다시 길 위에서

펴낸날 | 2023년 11월 10일 초판 1쇄

지은이 | 이용순
펴낸이 | 강현국
펴낸곳 | 도서출판 시와반시

등록 | 2011년 10월 21일 등록(제25100-2011-000034호)
주소 | 대구광역시 수성구 지산로 14길 83, 101동 2408호
전화 | 053) 654-0027
전송 | 053) 622-0377
전자우편 | khguk92@hanmail.net

ISBN 978-89-8345-155-2   03810

*이 시집은 2023년 경북문화재단 지역문화예술육성 개인창작지원금 수혜
작품집입니다.

시와반시 기획시인선 029

다시 길 위에서

이용순 시집

시와반시

| 차례 |

제1부 바다애서

제2부 꽃

제3부 아버지

제1부

바다에서

바다에서

바다에 갔었네
시詩를 건지러

그저께는
갈매기가 이리저리 쪼아 가고

어제는
파도가 훌훌 말아먹더니

오늘은
산이 와서 통째 건져 가고

나는 언제나
시린 빈손만 비비다 돌아서네

무심한 강가에서

이 작은 도시에
초록이 지천으로 드러눕는다

과묵한 나무는 홀로 졸아도
알을 품은 어미 새의 뜨거운 모정과
이제 막 선잠 깬 풀꽃의 노래에
귀 기울일 줄 안다

푸르름이 뚝뚝 떨어지는
풀잎 하나 따서 강물에 던지면
은빛 비늘 퍼덕이는 물 위로
자맥질하는 세월

삶과 죽음이 문밖인데
멀다, 아주 멀다고
사람들은 이별 앞에 손을 흔들고
더러는 잊어서 안위安慰할 수 있다면

누가 그립다 가슴 뜨랴

고달픈 삶의 무게가 종일을 지배해도
내 가슴 한켠에
파랑새 둥지를 틀고
어두운 꽃등에 심지를 돋우면
작은 등불 하나 이 염원 받아 들리

앞서거니 뒤서거니 흐르는 강물
지친 가슴마저 영혼으로 이어지면
이제는 젖은 손 툭툭 털고
가벼운 몸짓으로 일어서야 하리
무심한 강가에서

우도牛島 1
－그대로인 우도

물안개 헤집고

날아오르는 제비들

청귀리 밭이랑을

춤추는 종달새

우도의 아침은

바다는 잠자고

들판은 언제나 분주하다

하늘은 하늘 그대로

산은 산 그대로

물은 물 그대로

뭍은 뭍 그대로

우도는 아직도

세월을 깜빡 잊고 산다

* 우도:제주도 북제주군 구좌읍 동쪽 끝에 있는 작은 섬

우도 2
—무덤

우도 사람들은
무덤과 함께 산다
마당에 산 자와 죽은 자는
돌 몇몇 개가
이승과 저승 간의 경계선이다

우도 사람들
죽어서도 살아서도
우도에서 산다
바람 소리 못 잊어서
우도에서 산다
바다가 붙잡아서
차마 떨치고 떠날 수가 없어서
우도에서 산다

우도 3
－바다

바다는
수천 마리의 소 떼를 몰고
우도를 향해 달려들어도
우도는
천 년을 두고도
꿈쩍도 않는다

우도에서는
해보다 바다가
먼저 저물어 간다
흥얼거리다 출렁거리다
피멍이 들어도
혼자 쓰러지고
혼자 일어난다

비양도 飛揚島

우도 끝자락

너무 작아 눈물겨운 섬

비양도

등머을 민박집

담 구멍 사이로

낮이나

밤이나

바람이 울던 자리

바다가 놀던 자리

하이얀 소금꽃 서릿발처럼 피어

눈이 부시면

새파란 과수댁

풋가슴 속에도

바닷물보다 더 진한

멍울꽃 핀다

*비양도:우도 동쪽 끝단에 있는 아주 작은 섬

용포리의 밤

바람이 잔다

바다도 잔다

갈매기도 따라 잔다

나는 잠을 잃은 지 오래다

*용포리:거제도의 작은 어촌 마을

남도南島 연가
—충무에서

물은 밤새워 보채기만 하는데
돌아올 님은 어림도 없다네
에해야, 대해야
동쪽 하늘 먼동 튼다

사흘이 멀다고 물 따라 떠나는 이
무에 그리 고와서 님 마중 가는가
에해야, 대해야
해 솟아오른다

바람 분다고 대수인가
기다리는 맘이사 저 물빛인데
모래톱 얼룩지는 동백꽃잎이 서러워라
에해야, 대해야
돛 머리 쳐든다

갈매기 떴다 님 돌아온다네

만선 깃발이 춤을 춘다
물살 우우우 몸살 앓아
나도 따라 출렁이누나
에해야, 대해야
뱃고동 울어라

충무에는

충무에는 물이 좋다
매일 건져 올려도 지칠 줄 모르는
해산물
갯바람에 시달려도
여인네들의 도화桃花 같은 두 뺨

충무 사람들은 잠이 없다
늦은 밤까지
선술집 창가에 그림자 술렁이다가도
꼭두새벽부터
펄펄 뛰는 생선보다
더욱 싱싱한 일상들

충무에는 언제나 활기찬 노랫소리
만선滿船 뱃고동이
갈매기 앞세우고
수협 경매시장 개선가 더 높으면

의복, 잡화, 채소전까지
덩달아 흥에 겨워
백열등 불빛 잡고
새벽바람도 합창한다

충무 아낙네는 오지랖도 넓다
올망졸망 그릇, 그릇
남의 밥상 걱정해도
빨갛게 시린 손끝으로
묻어나는 삶의 향기

어쩌다 사는 것이 어줍잖아 힘겨울 때면
생굴 군침 돌 듯
충무 앞바다 선창으로 갈거나

*충무·통영의 옛이름

서운암에서

좌상 부처님
내 속 빤히 꿰뚫으시며

－네 소원이 무엇인고
－에구머니

꽁지 빠지게 법당 문지방 내려서는데
무심히 내뱉으시는 한 스님의 말씀

－별것 아니라 고마, 인간사 새옹지마라 카이

가슴이 얼얼해서 허겁지겁 돌아서니
마당 한켠에 시침 뚝 떼고 서 계시던
스님
콧잔등에 대롱대롱 매달린
장난기가 주르르 쏟아지다 말고
두 눈에 불이 번쩍

―부처님은 바로 네 자신인기라, 허허허허

*서운암:경남 양산 통도사에 속해 있는 한 암자

동자童子 스님

꼬불꼬불 오솔길에
동자 스님 길을 간다

까까머리 반짝반짝
지는 해 잡아 두고

아기 산새 날개 끝에
고향 소식 실어 놓고

무시로 그리운 정
옷자락에 매달고서

계곡물 청청淸淸한데
백팔 번뇌 씻어 내며

총총걸음 재촉해도
부처님 전 어디메뇨

청암사

골이 깊고 깊어
바람도 멎었더라
대웅전 문틈 사이로
부처님도 태연히
졸고만 앉아 계시더라

나뭇가지 끝 간 데
하늘은 빤히 걸려
세월도 멈추었더라
물도 쉬더라
비구니 삭발 머리 위로
하루해도 주저앉았더라

오가며 분주해야
과욕도 곤두서련만
모두가 숨죽이고
잠자듯 고요하더라

덩달아

내 맘 비우고

물처럼 잦아들다가

간간이 들리는 불경 소리에

아, 여기는 이승이더라

<hr>

*청암사: 경북 김천시 수도산에 있는 비구니 사찰

봄 강가에서

강 언덕 낮은 산허리

바람이 보듬은 자리

진달래는 피어 피어

푸른 강물에

그리움 담그고

진종일 설레어도

무심한 강물만이

저 먼저 흘러가고

저 나중 따라가고

붉게 타는 속마음

나 몰라라 하네

산사에서

뒷산 아름드리 참나무 곁엔
내가 서 있고
부엉이는 언제나
가슴에서 울었다

북문 창살 비집고
세균처럼 번지는 신열
진달래는 내 눈 속에서
밤새워 핀다

두릅나무 새순 그늘
펄럭이면 한물 뜬다던
다독이는 마음은 장독에서 익는데

산수유 자글자글 보채는 가지 끝에
서러운 하현달이
내 모습
훔쳐본다

강가에서

갈대숲이 흐느끼는 가장자리로
강물은 붉은 자락을 흔들며 지나가고
해 질 녘 강가에 버릇처럼 내가 서 있습니다

오늘도 밀린 이야기가 산처럼 쌓여서
깨알 같은 사연을 강물에 띄우면
내게 고운 사랑 하나 찾아와
흘러가는 내 얘기 건졌으면 합니다

쓸쓸히 남은 구름은 서쪽으로 여울고
강나루터 마을에 송이송이 등불이 피어나면
가운데 큰 불 하나 우뚝 일어서서
내 영혼 거두어 갈 사람 하나 다가왔으면 합니다

마음을 비집고 돋아나는 죽순 같은 진실을
아니라고 고개 저으며 돌아서는 것보다
살아서도 죽어서도 단 한 번만이라도
여미고픈 내 사람 만나고 싶습니다

강물

―구상문학관 개관 기념 축시

사람들은
저마다의 가슴 속에
강물 한 자락씩 품고 산다

영겁永劫의 전설들이
물밑까지 녹아내려
미리내로 이어지는 강가에서
나무가 풋풋히 얼굴을 씻고
산이 말없이 돌아와 피안彼岸으로 든다
사람들은
숲을 가꾸고 새들을 불러 모아
식탁에 등불 하나 희망처럼 내 걸고
우리의 삶은 그렇게
천년을 흘러도 돌아서지 않는
강물 앞에
흙 묻은 발을 정갈하게 씻고 저녁을 맞는다

오늘 아침
홀연히 관수제* 뜰에서
강물은
60의 진리**를 앞세우고
거울로 우리 앞에 마주 선다

아름다운 것은 영원한 것
바라볼 수만 있어도
가슴 가득한 행복
비워서 다시 채워지는 순리를
침묵으로 답하며
몸 굽혀 지상의 낮은 곳으로만 흐른다

모든 것을 안으로만 삭혀
모든 생명의 어머니인 강물
제 속살 갉아 내어
새 생명 잉태하는

산고産苦에도 굴하지 않고
수심의 깊이만큼이나 다듬어진 사랑을
모래밭에 묻어 두고
무심히 돌아누우며 젖줄을 물린다
멈추지 않음의 신성함으로
고금古今을 하나로 이어가는 강물은
목숨의 근원이 되어 유유히 흐른다

사람들은 저마다 가슴 속에
강물 한 자락씩 품고 산다

* 관수제: 구상 시인이 살던 집, 그 옆 자리에 구상기념관이 세
워져 있다.
** 60의 진리: 구상 시인의 연작 시「그리스도 폴의 강」60편.

제2부

꽃

산나리꽃

발돋움 모자라서 뽑아 올린 모가지
그리움 알알이
흑진주 목걸이로 장식했어요

기다림은 언제나 가슴을 살찌우고
안으로만 타오르는 설움
고개 숙여
뜨겁게 삼켜버려요

숨어서도 익은 사랑
말은 잃었어도
연약한 혀끝으로 향기 쏟아부어
그대 오시는 길
등불 밝혀 드릴게요

터지는 상처의 아픔
피멍으로 얼룩져도

스치는 바람에게까지
부끄럽지 않을래요

죽어서도 다시 피어
기다리는 세월
발돋움 모자라서
높은 곳을 택했어요

설동백雪冬栢

칠 년 가지 끝에 바람이 와서 머물더니
심장의 피 한 모금 물고
동백이 핀다

시린 세월
누이의 치맛자락 붙잡고
칭얼대던 소년은
간밤에
내린 눈으로 눈물이 차다

간지러운 봄,
길길이 뛰며 여름 다 보내고
가을 긴 밤에 옷깃을 여미더니
백지 위에 송이송이
터지는 동백

누이야,

네 두 뺨엔 연지를 찍고
강물처럼 흐르는 피 속으로
내 혼魂도 실어 가렴

메마른 땅끝으로
바람이 와서 깊더니
설동백은 시름없이
하늘가에 진다

동백꽃 1

밖에는 바람이
머리 풀고 윙윙대고
눈발이 뼛속 깊이
박히는 밤

그대
자리 옆에 앉은 화분엔
동백꽃이
수줍게 웃음 물고
우리를 지켜보고 있었다.

해가 지면 다시 오는 아픔을
가슴에 묻고
먼 길을 몇 번이고 날아오르지만
내겐 날개가 없어요.

붉은 꽃잎 따서 따서

그대 손바닥에 소복이

담아 주며 못다 한 말

꽃잎으로 대신하며 돌아섰다.

동백꽃 2

3월의 마알간 어느 아침
화분 속의
동백이 뚝뚝 눈물 떨군다

고향,
말만 들어도 멀리 바라만 봐도
가슴 설레거늘

바람이 치마폭을 풀어헤치고
해죽이 웃음 지으며
강을 건너는 동안

주저앉은 동백은
자학의 끈을 죄며
스르르 눈 감았는데

풋풋한 고향 내음에

기어이 토해 내고 마는
설움

어디쯤에서 동행했는가
눈부시게 희디흰 나비 한 마리
멍든 꽃잎 속살 어루만지고 있다

민들레꽃

뿌리까지 솟구치는 긴 겨울을
흔적 없이 숨어서 숨죽이는 것은
추위 때문만은 아니다

죄지은 사람은 마지막 남은 양심의 힘을 빌려
고개 떨구지만
내 영역의 깃발을 높이 달지 않는 것은
고단하여 지친 몸 때문만은 아니다

언제나 내 땅은 척박한 갈라진 틈바구니
쪼그리고 앉아
설익은 밥을 눈물에 말아 먹어야 하는 것은
아직 강을 건너지 못한 바람의
울음소리 때문만은 아니다

하늘 저 먼 어두운 곳에서도
신의 따스한 손길은 와 닿아

작은 등불 하나 내 걸 수 있는 것은
빛나는 훈장도 욕심도 더욱 아니다

조용히 심지에 불씨를 모아
하얀 날개 속으로 고이 감추고
바람 따라 수십 곱절의 분신으로 날아오르는 것은
낮은 곳에서도 희망이 숨 쉬고
어두운 곳에서도 사랑은 익는다고
가슴마다에 등불 하나
밝혀 주고 싶기 때문이다

산당화

내 이름 불러줄까
가슴 조이다가
나무도 풀도 아닌
깊은 한恨 가시로 남았습니다

당신을 생각할 때마다
내 작은 하늘은 출렁이고
겨우내 참아온 그리움
핏빛으로 터집니다

아직도 기다림을 다 못 채웠다면
입 다물고도
4월을 노래하렵니다

양지쪽 봄볕 자지러지는 한나절
내 눈물 붉게 붉게 뿌려 적시며
인고忍苦의 세월을 지키겠습니다

달맞이꽃

초저녁부터 서둘러도
쑥대 그림자에도 지고 마는

너무 부신 건 해님이 아니라
세상 야속함에 외면하는 것

밤새 물을 긷고 베를 짜지요
그믐밤엔
새벽녘 정신 차려 고개 들면
당신은 항상 그랬지요
가물이 산을 넘고

내 가장 아름다운 모습 그 빛깔로
고스란히 등불 켜고 밤 밝히면
까닭 모를 눈물 온 뺨에 젖고
지나온 어둠의 날들을
나는 까맣게 잊고 말아요

단 한 번
보름밤엔

개망초꽃 1

개망초꽃 무더기로
뜨거운 목숨 사르던
그날의 강 언덕

쏟아지는 폭탄
맨 가슴으로 막으며
쓰러져 간 상혼傷魂들

저 물속으로 다시 일어서는
하얀 아우성
개망초꽃이여

*어린 시절 6·25 전쟁 길에 하얗게 무리지어 핀 개망초 꽃을
  기억하며 쓴 작품

개망초꽃 2

여섯 살 피난길
아침 굴뚝 연기 따라
종종걸음 십리 길
탈래탈래
땅속으로 잦아드는 발걸음

빈 바가지 내밀면
오뉴월 서릿발 같은 인심
뒤통수 따라오는데
눈물 콧물 허겁지겁

동생들 까만 눈동자
숨 가쁘게 달려오는 길
논두렁 밭두렁
흐드러진 개망초꽃
무더기로 손짓하며

―쌀밥 줄게, 보리밥 줄게

하이얀 유혹
개망초꽃이여

나무

비탈에 선 나무는 뿌리가 깊다
발 아래 감기는 작은 냇물 버려두고
천길 물길 찾아 마침내 피안彼岸으로 드는
나무의 언어는 침묵이다

한 점의 햇빛도 놓치지 않는 나무는
여린 꽃잎을 일구지만
꽃이 아름다운 이유는
정직한 열매를 기약하기 때문이다

나무는 즐거운 노동의 댓가로
과육을 살찌우고
제 살점 찢기우고도
남은 씨앗 한 알 땅에 묻는
열매는 소중하다

세상을 저울질 하는 건 바람이다

종일을 걸어도 갈 곳 없는 바람은
마침내 지쳐 스스로 쓰러지고 말지만
나무는 그 긴 세월을 홀로 서서도
깊은 꿈에 젖을 줄 안다

기다림에 익숙한 나무는
남은 잎새들을 조용히 떠나보내고
흙의 순리에 복종하는 자세로
빈 손 들고 서 있어도
진실로 아름답다

풀꽃에게

흔들려도
짓밟혀도
다시 일어서거라

연약해도
숨어서도
향기 잃지 말거라

꽃

피는 것이 한 순간이더니
지는 것도 한 순간이더라

양파

따가운 햇살에
위세도 당당하여
곧고 푸른 절개
허공으로 뻗어 올라
들판으로 논둑길로
애태우며 바라보다
그리움이 녹아내려
텅 빈 대궁뿐이네

찔레꽃 피고지고
달빛 젖은 밤 그늘에
맨발로 꿇어앉아
향불 피워 타는 가슴
은하수 깊은 물에
서리서리 풀어내도
겹겹이 쌓인 마음
누구랴 눈치챌까

산수국 1

심산계곡深山溪谷 발 담그고
밤마다 베를 짜서
새벽 맑은 이슬에 헹궈내기를
일백 하고도 수십 일

내 몸 닳아
스스로 난 상처 감싸 안으니
비로소 그 고운 백자빛
눈이 부시다

산그늘, 숲 그늘
어둠 속도 모자라
낮은 곳으로 낮은 곳으로만
임하시는 미덕이여

초여름 산에 드니
무심한 물소리 쫓다

조용히 내 발목을 잡는

그리움 같은 꽃이여

산수국 2

심산유곡深山幽谷
정한수로
밤마다 몸을 닦아
백일 불공 품은 소망이
눈물로 맺힙니다

웃어도 소리 없이
춤으로 바람 없이
오뉴월 한나절에
하늘 한 번 훔친 정이
청자물빛 되어
서럽도록 곱습니다

아련한 그리움을
세월처럼 엮어두고
새 소리, 바람 소리
무심한 숲 사이를

기다림이 죄가 되어
분나비로 띄웁니다

연꽃

얼마나 많은 시간을 헤매었는지 모릅니다
내려가면 칠흑 같은 어둠
오르려 하면 옥죄는 숨막힘
그 곳엔 언제나 고요 속의 아우성만이 가득했습
니다

푸른 하늘을 노래하기엔 너무도 먼 곳
기적 같은 한 줄기 빛이 초시에 다녀갈 뿐입니다

부끄러운 곳을 손바닥 크기 다 해 숨기고 가리어도
물방개의 작은 몸짓에도
흔들리는 사바세계

옹골진 뙤약볕에 초록을 가르고
진흙 속에서 받쳐 든 고결한 삶 한 덩이를
허공에 둥실 띄워
그 자태도 당당하여 눈물 납니다

너무 아름다워 숙연한 꽃이여,

흰 살 속으로 중생들의 상처 대신해도

천년을 약속하는 극락으로 드옵니다

쑥부쟁이꽃

네 갸륵함이 눈이 부시다

쑥바구니에 담긴
열한 목숨
기우는 저녁달 그림자에
흩어져 버리고
구천 낭떠러지 아래
한 떨기 꽃으로 피어나
슬픈 사연
푸른 하늘 한 자락 끝에
깊이 묻어두고서
꺾일 듯 쓰러질 듯
바람에 부대끼어
아,
너는 차라리
보랏빛 울음 터뜨려
쌓인 시름 두둥실

별이나 되지

다시 꽃이 되어

향기로운 쑥부쟁이꽃

네 갸륵함이 눈이 부시다

*옛날 가난한 대장장이의 맏딸은 늙은 아버지와 열한 명이나 되
는 동생들의 끼니를 잇기 위해 산으로 들로 쑥을 캐러 다니다가 높
은 낭떠러지에서 떨어져 죽고 말았습니다. 소녀가 떨어져 죽은 자
리에 한 떨기 꽃이 피어났으니 사람들은 그 꽃을 쑥을 캐던 불쟁
이(대장장이) 딸의 넋이라 하여 쑥부쟁이꽃이라고 불렀다는 전설
이 있답니다. 김재황의 『시와 만나는 100종 들꽃 이야기(외길사
1993)에서 인용함.

부추꽃

나를 아시나요
서러운 부추꽃

잎마다 멍이 들어
실로 칭칭 동여매고

긴 여름 뙤약볕에
기진맥진 늘어질 때

모질게 뜯기우고
흔적조차 없다가도

새순 다시 돋아
상처를 다독일 제

가운데 대궁 하나
꿋꿋이 피어 올라

하이얀 여섯 꽃잎
애처로이 피고 지는

나를 아시나요
눈물겨운 부추꽃

제3부

아버지

아버지 1

아내 꽃상여 봄비 후줄근히 젖어

골 깊은 한 도랑물로 콸콸 불어나고

한 치, 두 치 커가는 설움

해바라기 씨앗으로 가슴에 박힌다

탱자가 노랗게 익어 가면

그리움은 아픈 상처 되어 빈 하늘에

번지고

등 돌려 흔들리다 흔들리다

바람처럼 옷섶에 묻어오는 오한

가래 끓는 소리로 세월을 재촉해도

꽃상여 넘던 길을 봄은 또 여전하다

아버지 2

책보자기 허리에 동여매고
동구 밖 들어서면
붉은 저녁노을 등에 짊어지고
소들도 아이들도 집으로 걸음을 재촉하면
저마다 흩어지는 꽁무니 바라본다

"아부지, 나도 송아지 한 마리 사 주이소."
"너도 소먹이로 가면 언제 공부할라카노"
"나도 송아지 몰고 약샘골*에 소 풀 뜯기고 싶어예."
"이름 석 자 쓸 줄 안다꼬 다 아는 기 아닌기라!"

동창생 철이도 영자도 자기 이름만 익히면
소 풀 뜯으러, 아기 봐주러,
농사일 도우러 학교 그만둔 지 오래

아들, 딸 구별 않고

"배워야 산다."
우직하신 우리 아버지
깊은 속내도 모르고
동네 아이들과 어울리고 싶어
철없이 졸라대던 어린 시절

아버지 앞에 따순 밥 한 그릇
올려드리지 못한 불효 여식에게
지금은 차디찬 지하에 누워 계신 지
반세기도 더 후딱 넘기셨으면서도
"배워야 산다, 공부 해야지!"
불호령이시다

*약샘골:경북 칠곡군 약목면 복성리 뒷산 약샘이 있는 골짜기.

아버지 3

어머니 꽃상여
봄비 후줄근히 젖어도
하늘 길 마다 않으시고
허겁지겁 뒤 따르시는
아버지

삼베 상복, 두건, 대나무 지팡이
맥없이 무너져 내린
가슴
혼魂줄 놓으시고 그렇게
일곱 번째 봄 쫓아 허공만 바라보신다

물 한 모금이라도
목축이시라 머리맡에 놓으며
"아부지 일어나이소 고마."
"봄은 언제 올긴고?"
"와요? 봄 오면 일어나실라꼬예?"

아버지 훤한 이마 위로 미소번지며
허위허위 개울 건너 기어이
어머니 따라 나서신다
"아부지요, 아부지요, 아직 겨울이라예!"
"봄이 왔다 카네, 선아, 그런데 미안하대이."

징 소리

기슭 돌아 솔밭 머리에
바람이 우우 몰려오면
지잉, 지이잉
동구 밖을 넘는다

발갛게 끓는 가슴
사립문에 걸어놓고
이승이랴, 저승이랴 둘인 목숨 어이하리
아가야,
내 아가야,
저 장단에 귀 먹어라
저 사위에 눈 멀어라
구중궁궐 열두 대문 빗장을 건다

은비녀 은가락지
얼룩진 자리에 던지면
자색 댕기 그리운 정이

물처럼 불어나고
풍덩, 내 눈물 얼어 바위로 눕는다

세월 한 철 삼킨 설움 아가는 곱고
지잉, 지이잉
꽃 냄새, 분 냄새 실린 가난
가득히 징 소리 돌아오면
선한 날 아가는 핏줄로 익어
숨어서도 익힌 한을
징 소리로 받아든다
지잉, 지이잉

광대와 딸

간다, 간다
울 아부지 따라서
징 소리 울리는 그곳으로
울 아부지는
흰 중의적삼에
짚신짝 끌면서
동
서
남
북
찬바람 타고 다니며
골골마다 흥 돋우고
사람마다 신명 들리고
하늘이 낮다고
땅이 좁다고
웃고 떠들고 또 눈물짓고
장구가 가슴에서 춤을 추고

오만간장 속속들이 찢어 놓고

허위, 허위

오색 한삼자락 펄럭인다

하늘가는 길목엔

회오리 돌개바람

동여맨 수건도

회색빛으로 바랜 중의적삼도

짚신도

북도

징도

달고 간다, 몰고 간다

간다, 간다

나도 간다

울 아부지 따라서

징 소리 울리는 그곳으로

냉이국

시원스레 갈라지는 밭이랑 사이로
듬성듬성 아버지의 맨발이 묻히고
땀 밴 어머니의 이마 위에
세월이 와서 머물고 있었다.

밭두렁에 앉아서 냉이를 캐면
냉이보다 진한 봄이
콧잔등을 간질이는 오후

진달래꽃처럼 환한 웃음을
도랑물에 담그고 냉이를 씻으며
두둥실 벙그는 마음을 달래던

오늘 아침 식탁 위
냉이국 속에는
아,
어머니

어머니가 잔잔히 웃고 계신다.

어머니 1

외손자 반가워 얼르다
무심코 건너다 본 딸자식 얼굴
검버섯 일고 눈자위 주름졌다
속주머니에 콩알처럼 챙겨 둔
몇 푼, 몇몇 푼

읍내 장날
새끼 염소 한 마리로 바꾸시고
풋내 가신 동짓달에
몰래 딸 불러 다독이려는 심사

늦은 가을날
어머니는 소식 없이 떠나셨다
당신 손등만큼이나 꺼칠해진 고삐를
길게 늘어뜨리고
나보다 섧게 섧게 울던 염소를

어머니 머언 길 친구 하시라고
동구 밖으로 딸려 보냈다
아직도 볕 익는 가을인데

어머니 2

어메,
물질 가지 마소
속살 차갑소
암만하마 목선木船 우에 걸쳐 뒀던
너 아베 가슴팍만이나 찰낀가

어메,
물살 오는갑소
뛰기 전에 돌아오소
물 뛴다고 숨 안 쉬고 말 것가
물 쫓아 나도 뛰제

어메,
쪽머리 치거든
퍼뜩 물 밖으로 나와야 하요
멍기, 소래 줍는 맛이
너거 입에 밥 드가는 재민데

참아봤자 한참이제

어메,
나 크거들랑 어메랑 살라요
오래오래 사소고마
그런 소리 뜬금없다
언덕베기에 눕어서 기둘리는
너거 아베는 우짤라꼬

* 해녀들의 고달픈 삶을 경상도 사투리로 표현해 본 작품임.

어머니 3

철없던 시절
어머니 걱정 드릴 때

―너 어미 되어 에미 맘 헤아리라

오늘
나 어미 되어
딸아이 앞에 두고
그 말씀 생생하여
가슴 쥐고 후회하며

―너 어미 되어 에미 맘 헤아리라

어머니 4

어머니
당신의 이름은 그리움입니다
생각하면 할수록 그리워지는
당신의 이름은 그리움입니다

어머니
당신의 이름은 노래입니다
불러도 불러도 자꾸 부르고 싶은
당신의 이름은 노래입니다

어머니
당신의 이름은 눈물입니다
뇌이면 뇌일수록 목이 메이는
당신의 이름은 눈물입니다

어머니
당신의 이름은 샘물입니다

마셔도 마셔도 다시 넘쳐나는
당신의 이름은 샘물입니다

어머니
당신의 이름은 사랑입니다
하늘보다 바다보다 더욱 거룩한
당신의 이름은 사랑입니다

자목련

어머니,
동지섣달 긴 밤
물레 소리에
가슴 저미시더니
풀 먹이시던 언 손끝으로
실타래를 걸으셨군요

달그락달그락
베틀은 보채고
동여맨 치마끈 속으로
나절이 기웁니다

나른한 봄꿈 속에
이승 저승 오가시며
아버지 안부 묻다
인둣불에 놀라시더니
연보랏빛 저고리 자주 끝동 반호장을

곱게 차려입고
미소 짓는 어머니

오늘 아침에도
담 너머로
저를 배웅하십니다

사모곡思母曲

금오산 기슭 한자리
어디쯤에
붉은 흙 다독여
어머님 모셔두고
나 훠이훠이
속세로 내려올 때
한 점 구름인 양 덧없어라
내가 이 땅 딛고
서 있음조차도

이름 모를 산새
내 설움 대신하고
철쭉 선홍으로 피 토하며
가슴으로 저며 든다
저 꽃 지면
다시 피어 재회를 기약해도
만물의 으뜸인 사람이사

한 포기 풀에도 버금가지 못하려니

관념의 일상들이
모래탑으로 무너지고
발길 돌려
차라리
나
어머님 곁으로 돌아서리라

햇살

밤늦도록 보채던 바람이
기어이 무서리를 불러
눈을 비비자마자
햇살은 온 뜰 가득
오색 찬연한 보석들을
뿌려 놓고
동창 여닫이문 살포시 열며
환한 미소로 아침을 풀어헤친다

내 어머니는
찰랑이는 물동이 속으로
쪽진 가르마 위로
흰 무명치마 여섯 폭 마다까지
주저리주저리 매달리는 햇살을
안으며 일상을 열고

나절 햇살이

채전 밭에서 오수에 빠진
호박 배꼽이나 구경하거나
집 앞 과수원을 온통 휘젓고 다니며
사과 알들과 키득거리는 사이
어머니는
소스라치게 놀라시며
도망 다니는 햇살을
마당 한가운데 고추 멍석 위로
불러 모으기에 바쁘시다

아기 코 고는 소리
대청마루 추녀 끝에 매달린
곶감보다 달디 달 때
뒷마루에 걸터앉아
짧은 사색의 바다에서도
햇살 한 아름 안고 잔잔히 일렁이시는
어머니

삶의 무게가 감당하기 힘겨워
금오산 한 자락 끝에 계시는
이 가을에도
햇살 한 줌 실타래 움켜쥐고
일곱 자식 대문마다에
풀어 보내시기에 바쁘시다
내 어머니는

흰죽 한 사발

나 패랭이꽃 같은
소녀 시절
몹쓸 병들어
물 한 모금도 못 넘기고
참새 가슴으로 숨만 붙어
할딱일 때

어머니 눈물로 채워진
흰죽 한 사발
내 입 속으로 넣는 수저
어머니 손
죄인처럼 떨기만 하시더니

지금도 나는
흰 색깔만 보면
그 흰죽 한 사발 생각나서
가슴이 미어진다

칸나꽃

작은 키 안쓰러워 너를 닮으시라던
어머니

—애야, 잘 갈무리했다가 내년을 기약하렴.

첫서리 녹이시며
한 줌 받아 든 알뿌리
인고의 약속덩이

남국 열풍에
푸른 치마폭 펄럭이던

칸나는
칸나는
가슴 속에 접어둔
향수의 붉은 깃발을
뙤약볕에 내 건다

어머님 전 상서

장독을 매만집니다
큰 키, 작은 키, 길쭉한, 팡팡한
구수한 된장독, 상큼한 간장독
자글자글 고추장독
언뜻 구름 너머로 사라지는
어머니 잔잔히 웃으시는 모습

반들반들 윤기 흐르는 부뚜막
간장병, 초병, 작은 된장 항아리
옹기종기 우리 칠 남매처럼 정겹습니다
구수한 된장찌개
얼큰한 배춧국
행주치마 연신 손 닦으시며
더운밥 푸시며 흐뭇해하시던 모습

하얀 옥양목 필째 풀어
바지랑 장대 치켜세우시며

펄럭펄럭 하늘 위로 춤추는
봄볕에 눈이 부신 큰언니 예단 이불 홑청
이마에 송글송글 땀이 맺혀도 입가에 연신
웃음 자국 패이시던 어머니

정화수 맑은 물에 일상을 담으시고
부엌문 다 닳도록 자식 입에 먹이시고
허리끈 졸라매고도 배부르다
버릇처럼 이르시던 우리 어머니
문설주 기대서서 밤바람 맞으시며
대문 여닫는 소리에 새우잠 드시면서도
연신 감사함으로 고개 숙이시던 어머니

당신의 사랑과 희생이 존재가 되어
빛보다 거룩합니다
햇볕보다 따사롭습니다
당신의 걱정과 눈물이 진주가 되어

별보다 찬란하게 오늘을 빛냅니다

당신 가슴만큼 넓고 편안하게 하소서
당신의 눈물만큼 성숙하게 하소서
크신 사랑 등불처럼 밝혀 들고
당당하게 걸어가겠습니다
이만큼,
이만큼
당신만큼만
사랑하며 감사하며 살겠습니다

거울 앞에서

거울 앞에 앉아 빗질을 하면
우수수 빠져나가는 머리카락
방바닥에 거뭇히
흩어지는 나의 분신들
나
세상 남아 있을 날을
반비례하는데

따슨
손끝으로 붉은 댕기
옆옆이 땋아
머릿기름 차르르르 발라 주시며
뽀이얀 가르마가
기특해서, 기특해서

이 시간 유난히도
핑그르르 유년이 찰랑이며

숨바꼭질한다

가신 세월
멀고도 아득한데
버릇처럼 가슴 속
깊은 곳에 자리하고서
시시때때로 다가오시는 어머니

마른 볏짚처럼 푸시시 널브러진
세월의 패잔병 시체들을
떨리는 손으로 쓸어 모으며
이제는
멀지 않아
어머니 뵈올 날을
손꼽아 본다

오빠 생각 1

소달구지 몰아세우는 아버지
뒤따르는 어머니의 등에 매달린
막냇동생의 흔들리는 머리 위로
무수히 쏟아지는 총알들

삼촌 어깨에 무등 탄 여섯 살배기
묵묵히 뒤따르는 오빠는 열두 살
천지가 진동하는 대포 소리와 쏟아지는
포탄, 불덩이, 포탄, 불덩이……

고삐 잃은 소가 길길이 날뛰고
어머니의 옆구리에서 번져나가는 붉은, 붉은
소도 어머니도 아기도 하염없이
강물 속으로 사라져만 가는데

—저 강 못 건넌다, 절대 못 건너!

오빠는 날마다 강둑에 나와 앉아
삶을 거부하며 입 다물고, 어금니 꽉 깨물고
꺼이꺼이 아픔을 씹어 삼키는 스물일곱
꽃다운 한 마리 학이 되었다

해마다 유월이 오면 무섭도록 푸른 강물
반짝이는 모래밭 위를
날 다 저물도록 훨훨 날아다니는
하이얀 학 한 마리

─오빠야, 이제는 다 잊고 저 강 건너라, 고마!

오빠 생각 2

스물일곱 꽃다운
오빠는 한 마리 학이 되고

여섯 살 계집아이는
칠십여 년 세월 지난
저승의 문턱에서
6월, 다시 절뚝거리며
하얀 개망초꽃 무리와 마주 선다

산다는 것은
누군가와 화해하는 일
수십 년 꽁꽁 감춰 온 매듭을
비로소 주섬주섬 풀어 헤치면

쏟아지는 포탄 사이로
어머니의 피 묻은 얼굴과
기억조차도 희미한

갓난 어린 동생의 한 줌 형상이
무섭도록 푸른 강물 속으로
사라져 간다

그날의 그 아우성,
그날의 잿빛 하늘과
붉게 물들어 질퍽이던 땅
성주 사드, 종북 세력 운운 운운
다 저 망각의 강물 속으로 던져버리면

옥양목 두루마기 눈이 부신
오빠는 강 저편에서
손을 흔들고
나도 한 마리 물새 되어
훨훨 저 강 따라 건너리라

오빠 생각 3

오빠는 아카시아나무에서
쌀밥을 추수하고
누이는 사금파리 그릇에
한恨을 퍼 담는다
—배 고프제? 한 그릇 더 묵어라

손때 묻은 눈깔사탕
입 속에 넣어주며
따스한 귀앳말로
—꿀보다 달다고마, 니 다 묵어라

달이 너무 멀다고 바람이 차다고
어린 누이 가슴에 못 질만 해대 놓고
허구한 날 허허로운 웃음 날리며
—사는 기라, 이래도 살아야 하는 기라

유년의 뒤안길을 황망히 돌아서면

차디찬 땅속에서

깊이 잠든 오빠는

—조심해서 가거라, 잘 살거래이

여름밤의 재회

푸르름에 지친 야자나무 가로수들
설웁도록 고운 선다홍 칸나꽃 무리들이
한낮을 불사르고
붉은 깃발을 다투어 자랑하며 서 있다

휘어진 가지마다
망고 과육의 풍만한 몸짓
달콤한 유혹이 더욱 술렁이게 한다

나는 지금
들끓는 뙤약볕을 머리에 이고
낯선 이국땅에서
앞서가는 마음을 추스르며
목이 마르다

기인 하루가 저물어
하늘 가득 그리움이 번지면

나의 분신들이 까아만 눈망울을 굴리며
토끼 두 귀 쫑긋 기다리고 있으련만

만남도 이별도
눈물로밖에 대신할 수 없다면
터지는 봇물 가슴으로 넘치는데
맞부딪는 체온 깊숙이
뜨거운 피가
한 줄기 강물로 이어진다

목숨에도 버금갈 수 없는
소중한 나의 보석들은
찌든 내 체취 아랑곳 않고
야윈 품속 파고들어
마음은 온통 세상을 얻은 듯

뜨거운 열기를 뚫고

멀리서 수런수런

이국의 아침이 밝아오고 있다

*2014년 6월 중국 광동성 광저우시(廣州市) 치푸신촌(祈福新村)
에서 손주들을 만나던 날 쓴 작품.

제4부

길 위에서

길 위에서

하늘에 길 없어도 새들은 방황하지 않고
바다에 길 없어도 배들은 표적의 깃발을 펄럭이며
세월처럼 유유히 전진한다

나는 길 위에서도 길을 잃어
저당 잡힌 나의 오늘은 벌집 같은 바람뿐이네

그러나 삼십 년을 권위와 허울이 된
올이 거미줄처럼 낡은 여러 벌의 양장洋裝과
신발장을 가득 매운
굽 높은 뾰족구두들이 곰삭으며
날 빤히 쳐다봐도 난 결코 외면하지 않겠네

나를 비켜 간 많은 시간과
나를 구속했던 어제가 서 있기조차 힘든
벌판이었다 할지라도
주체할 수 없는 부끄러움은 더욱 아니네

신열을 동반한 목구멍 속의 상처와

세상인심이 대추나무 가지에 걸려 춤을 추는 혹한
에도

나를 허하게 만든 무수한 언어가 노래가 되어

길 잃은 양들의 영혼을 잠재우고

내가 뿌린 몇 동이의 땀방울이 구슬이 되어

그들의 삶이 보석처럼 빛난다면

돌아서서 시린 이마 씻어 내리며 나는

타다만 심지에 불을 붙이고

가슴에 등불 하나 다시 내 걸겠네

그러나

나는 지금

길 위에서도 길을 잃었으니

저당 잡힌 나의 오늘은 벌집 같은 바람뿐이네

다시 길 위에서

그러나
내 의식의 궤도를
행성처럼 빙빙 떠돌며
잉잉대는 수많은 의미들
그것은 반란이었다
내 모든 기능을 마비시키는
내 안의 또 다른
반란

나는
다시 길 위에서
미아가 된다

길 위에는
누구의 손길도 기다리지 않는
들꽃들의 작은 등불과
초록 물 뚜욱뚝 떨구는

숲이 손 내밀어
얼어붙어 경직된 내 심장의
혈관 속을 비집고 들어와
뜨거운 길이 다시 열리면

내 육신을 포장한
거추장스러운 의상과
내 양어깨를 짓누르는 삶을
훌훌 벗어던지고
이제는
다시 길 위에서
나는
내 영혼의 잃어버린 주소를 찾아
부러진 발목을 곧추세워야 한다

이 작은 도시를 떠나며

경북 칠곡군 왜관읍 왜관리 284-64번지
이 작은 도시 한 가장자리
해묵은 고목 맨 꼭대기에
숨이 턱턱 하늘 닿는 까치집 한 채

오뉴월 햇볕 따가우면
풀잎으로 가리고
바람 숭숭, 하늘 청청
구름도 기웃거리던 곳

손이 터지도록 쌓은 돌담
동쪽 사립문 날마다 열어두고
달빛도 보듬고 별님도 불러 모아
내 혼신의 자장가에
아기 까치들 걸음마를 익히고
서투른 날갯짓
푸른 하늘 솟구칠 때

내가 살아있음에 감사하던 곳

다섯 해 하고도 예닐곱 달
이제
그들이 날아간 빈 둥지에
빛바랜 시간들이 졸음에 쫓기고
고목은 손끝에 움켜쥔 마지막 잎새마저
모두 떠나보낼 때
나를 버린 자리엔 비로소
부끄러운 내 이름 석 자가
비바람에 부대끼며 영원을 지키리

* 칠곡군 왜관읍 왜관리 284-64번지는 〈이용순 아동문학 연구
  소〉가 있던 곳이다.

왜관 가는 길

꿈이 있는 곳이면
길은 어디에도 있다
매천교*를 건너
조심스럽게 산허리 돌아가면
경부선 고속도로가
국도의 손을 느슨하게 잡고
북으로 북으로 나란히 달린다

얼마를 더 달려야
내 발길 멈춰도 되는가
가끔씩 두 길은 서로를 얼싸안다가도
평행을 이루며 다시 갈 길을 재촉한다

산자락까지 마중 나와
손 흔들어 주는 풀꽃이
눈물겹도록 곱다
아름다움도 넘치면 슬픔이 되고

향기도 차오르면 독이 되는 것을
무심한 나무는
그래서 푸르기만 하는가

우리네 삶도 저 길처럼
비켜갈 수만 있다면
나는 바람의 각시가 되어
저 고개를 함께 넘고 싶다

만나서 가슴 저미는 사람
기다려 주는 곳도 아닌데
버릇처럼 아침이 오면
강물처럼 출렁이며 달려가는 곳
내 이름 석 자 내 걸던 곳
지나가던 바람이 기억하고
꽃씨 속으로 날려 보내 줄까

돌아오는 길에서는
낡은 내 신발 끈을
다시 고쳐 매어야겠다

*매천교: 대구 신천대로에서 왜관으로 건너오는 다리

귀향

단발머리 찰랑이던
소녀의 꿈을
보석처럼 간직한 채
기인 세월을 너 비켜만 살았구나
머언 길을
굽이굽이 퍽이도 돌아왔구나

낙동강 인도교 성큼 건너서니
물도 옛이요
산도 그 자리

물결 따라 엮어 둔
석류꽃보다 붉은 맹세
걸음 총총 다시 돌아서니
강은 말이 없다
아무 말이 없다

저무는 저녁노을

내 좁은 두 어깨를 스치고

이제 더 무엇이 되리

꿈 같은 옛날로

나는 돌아가고 싶다

범벅재 저 너머

하룻밤에도 두어 번은 가는 곳
경상북도 칠곡군 북삼면
바우람산, 통골, 신비골
범벅재 너머 생명처럼 이어진
아슬한 길 숨이 끊이면
노송 휘어져 앙상한 가지
석가래 걸고 억새풀 지붕 엮어
가슴 풀어헤친
저녁연기 탓하며
등 뒤로 접어둔 세월
골 쩌렁쩌렁 맞받아치랴
한꺼번에 쏟아 놓으리

참꽃 화전 더운 볼에 속살 태우며
별이 가까워서
술렁이는 마음
어느 눈부시게 갠 날

자취 없이 떠나온 길
불타는 꽃 무리 속으로
숨은 상혼 어루만지며
이 몸 던져 꼭꼭 숨겨 두고

뒤뜰 싸리 울타리
산나리꽃 기웃대고
저녁 바람 아스라이 몰려와
장맛이 익으면
산새 어우러진 찬밥덩이 위로
잊었던 상념
두 눈 부릅뜨고 일어서서
날 기억해 줄까

경상북도 칠곡군 북삼면
바우람산, 통골, 신비골
범벅재 저 너머 골 깊은 어디쯤

내 이름 석 자마저 까맣게 지우고
구름 위에 신선되어
별을 따 모으면
그래도 차마 잊혀지지 않는
영혼 하나 있어
곱게 곱게 뿌려 주리라

*범벅재 : 경북 칠곡군 북삼면 보손리 바우람산(영암산)에
  있는 재의 이름

전원田園을 꿈꾸며

푸른 언덕 위에다
내 집을 짓고 싶다
경호천* 바닥에서 날라온 돌로
돌담을 쌓고
빨간 지붕을 올려도
야하진 않을 게다

큼지막한 아궁이에 군불을 지피면
구수한 연기 내음에
선한 암노루 한두 마리쯤
기웃거리려나

구석방 낡은 책장 속에는
포개진 내 젊음이
숨죽이며 삭아 들고
뒷문밖엔 이름 모를 꽃들이
다투어 피고 지고

텃밭에 엎드린 나는
시간을 앞질러 가더라도

등 너머 사철 찰랑이는 작은 연못가엔
내 짝꿍이 앉아서 세월을 낚고
풍채 좋은 누렁이가
친구 삼아 지켜 앉았으니
마음 든든하려니

푸른 언덕 위에다 내 집을 짓고
풀처럼 바위처럼
이제는 조용히
구름처럼 살아가고 싶다

*경호천:경북 칠곡군 북삼면 율2리 내 고향 앞 개천 이름

숲에 서면

숲에 서면
내 마음 물처럼 출렁인다

6월은
초록의 깃발을 무수히 내걸고
부드러운 손길로
바람을 어루만지며
들판을 달려 산을 넘는다

꽃을 닮고 싶어
푸른 하늘을 향하고
꽃 같은 미소로 하루를 여는 아침
이슬의 청결함이
내 옷깃을 여미게 한다

숲에 들면
겸허해진다

사랑도 미움도 부질없는 것
후박나무 싱그러운 잎새에
사연을 적어
날개가 노오란 산새 편에
내 마음 띄워 보낸다

벌떼 합창 소리 어우러진
꽃그늘 아래 서면
어머니 하얀 옥양목 치마
그리움처럼 펄럭이고
아, 6월의 숲은
어머니 내음새

돌아서면 아쉬움만 따르는
끈끈한 우리의 삶
오늘이 다 저문 저녁이면
너무 고와서 애처로운 꽃 등불

주저리주저리 달아놓고
기다림도 서러움도
초롱초롱 밝혀두고
기약 없이 젖은 마음
거울로 닦아 든다

숲에 서면
내 마음 물처럼 낮아진다

갈대와 바람

고개 숙여
기도하면
내 마음 전해질까

손짓하며
부르면
내 곁에 머물겠지

망설이다 기다리다
하얗게 야위어도

아는지
모르는지
스쳐만 갈 뿐

5월의 민들레

서울에서 6,604킬로미터의 긴 항로 끝에
드디어 모스코바 공항에
첫발 내디딘다
끝이 없는 지평선
태양은 제 갈 길을 잃어
중천에서 서성이고
넓은 초록 풀밭 위로
노오란 무늬 점점이 찍어놓은
5월 민들레

긴 겨울
겹겹이 쌓인 얼음덩이를
맨손으로 녹이느라 밤도 잊어버리고
5월도 다 가는 여름의 문턱에서야
잔잔한 미소
눈이 아리다

지평선 저 너머
치솟는 자작나무의 무리
저만큼 비켜서서
두 팔 성큼 벌려
흐르는 구름 안아 올리고
떠나가는 이, 돌아오는 사람으로
모스크바 공항은 몸살기가 깊다.

네 작은 웃음으로
훈훈한 가슴
아, 이 땅에도 하얀 씨앗 영글어
희망의 바다 건너 준다면
내년 봄 서울의 어느 양지쪽에서
너를
다시 만날 수 있을까

샤모니의 아침

유럽의 새 동맥 몽블랑 터널을
굽이돌아 찾아온
눈의 도시
샤모니*의 아침은
은빛 찬란한 수레를 타고
몽블랑 언덕으로부터 내려오고

자연의 진리 앞에
너무도 초라한 나는
한 마리 작은 미물이 되어
숨소리마저 안으로 삭인다

밤새도록 합창하는
잿빛 계곡은
쏜살같이 달려와
아르브강**을 지나
레만호***에서 잠이 들겠지
계절의 여왕 5월은

산기슭을 맴돌다
발병이 나
주저앉고 말았어도
차디찬 물 속에서도
꽃들은 어찌 이리
따스한 가슴을 열까

땅 위엔
아름다운 봄의 궁전
고개만 들면 사방이
눈부신 빙산氷山, 빙하氷河
샤모니는 설국雪國의 문턱
샤모니의 아침은
천국이 열리는 시각

*몽블랑 산기슭 해발 1,037m에 있는 프랑스 오트사부아현의 소도시.
**몽블랑 산기슭에서 발원하여 레만호로 흘러들어가는 강.
***스위스와 프랑스 양국에 속한 서부 유럽 알프스 지역에서 가장 큰
호수.

몽블랑 가는 길

초록 물결 춤추는
밀밭 사이로
꽃들은 보석처럼 빛나고
기다림이 되어
깃발처럼 나부낀다
 우거진 숲은 전설로 익어
하늘에 닿아도
누가 흉내 낼까
이 아름답고 거룩한 창조물을

그림같이 작은 집에선
일곱 난쟁이가
정성드레 식탁을 차리고
뒤뜰 초록 풀밭에는
하양, 노랑나비 떼가
꽃가마 곱게 차려
백설 공주를 태우고

산모롱이 돌아서 하마나 오시는가

알프스를 넘어 계곡을 지나
하얀 진실이
언제나 기다리는 곳
부끄러운 데 모두 씻어버리고
축복처럼 은혜로운 땅
설원雪原
사철 한 자리 찬란히 빛나는
몽블랑 언덕 하얀 나라로 가자

*몽블랑:프랑스와 이탈리아 접경 지대에 있는 산. 해발 4807m로
　알프스 최고봉이며, 프랑스에서는 '흰산'이라는 뜻으로 쓰인다.

알프스를 지나며

끝이 없는 푸른 들판을 지나
알프스의 자락으로 안기면
갖가지 꽃들은
길섶을 수놓고
전설처럼 우거진 숲속에서는
금방이라도 손 흔들며
하이디가 달려 나올 것만 같아
가슴 벅차다

빨간 지붕 위 뾰족한 굴뚝에서
하얀 연기가 막 피어오르겠지
뒤뜰에 쌓아 둔 장작더미가
하얗게 속살을 드러내고
낮잠을 즐긴다

숲속에, 꽃 속에 파묻혀 살면서도
창마다 붉은 제라늄이 손짓을 하고

울타리 경계도 없는
이웃들 사이에는 꿀과 평화가
흘러넘친다

층층이 가파른 포도밭은
언제 가꾸었는지
풀을 뜯는 양 떼는 누가 치는지
가도 가도 아무도 보이지 않고
하얀 구름만이 한가롭다

누가 이보다 더
아름다운 그림을 그릴 수 있을까
다툼도 욕심도 모두 잊어버리고
동화 속의 주인공이 되어
풀피리를 불다 보면
아, 저 멀리 눈이 부시는
하얀 봉우리들

5월의 햇살은
몽블랑 언덕을 끌어안고
떠날 줄을 모른다
눈물이 난다

그곳에 가고 싶다

매원천* 물빛 여울진 옥색
겸허히 숙여 앉은 산허리
휘감고 돌아
들녘 어디쯤에 다소곳이 모여 앉은
버섯집
그곳에 가고 싶다

지친 영혼 잠시
나를 접어 두고
물소리 바람 소리에 실려
떠나보는 피안彼岸 길

아,
장원봉** 봉우리 감싸 안은
한 점 구름이 될거나
사철 저 물 따라 찬연히 넘실대는
숭어 떼로 남을거나

은은한 가락
차향에 젖어
아련한 꿈길을 걷노라면
어느새 뜰 안 가득히
쏟아지는 별빛,
별빛

끊일 듯 이어질 듯 애절한
풍경소리
까마득히 잊었던 그리움으로 다가와
붉은 촛불에
저며저며 녹아내린다

풀, 꽃, 향토 내음
한데 어우러져
따스한 정

내 옷깃에 매달려도
통나무 스물두 계단 층마다 새겨두고
다시 돌아서는
그곳에 가고 싶다

*매원천:매원마을 한가운데를 흘러 낙동강으로 합류하는 개천.
**장원봉:경북 칠곡군 왜관읍 동쪽에 있는 산봉우리.

해설

순수 서정에 바치는 일자상서—字上書

김선굉(시인, 문학평론가)

1.

이용순은 평생을 초등학교 현장에서 어린이들과 함께 숨 쉬고 뒹굴면서 동시를 써온 원로 아동문학가이자 시인이다. 그는 1991년 매일신문 신춘문예에 동시가 당선되면서 본격적인 작품 활동을 시작했다. 동시를 향한 그의 열정은 자못 뜨거워서 『어른이 된 다음에도』(1994)와 『내 마음의 내시경』(2023) 등 두 권의 동시집을 펴냈다. 그리고 삼십여 년을 헌신하던 학교를 떠나자마자 〈이용순아동문학연구소〉를 열고 연구와 창작에 몰입하면서 후진 양성에 심혈을 기울여 왔다.

그가 보내준 첫 시집 원고 『다시 길 위에서』를 읽으면서, 나는 자연스럽게 대체 무엇이 순정한 아동문학가의 등을 떠밀어 본격적인 시인의 길을 걷게 하는가 생각하지 않을 수 없었다. 다시 돌아본 프로필에서 그가 시집을 내는 것은 자연스러운 일이며, 나아가서는 상당히 때늦은 일이라는 것을 알게 되었다. 그는 1994년 『창조문학』 시 부문 신인상을 수상하면서 동시와 시를 두 개의 축으로 삼고 작품 세계를 전개해 오고 있었던 것이다.

문인으로서 그의 이력은 대단했다. 1995년 『농민신문』에 중편동화가 당선되었으며, 2004년 『아동문학평론』지에 동시 평론 부문 신인상을 수상하면서 동화 작가와 평론가로 활동해 온 문인으로 문단의 주목을 받고 있다. 아직 창작집을 펴내지는 않았지만, 소설에도 힘을 기울여 충분히 단행본으로 펴낼 수 있을 만큼 많은 작품을 가지고 있는, 그야말로 장르를 넘나들면서 치열한 창작혼을 불태워온 작가라고 할 수 있다.

그러나 그가 펴낸 텍스트로 볼 때 그는 동시와 시에 창작 에너지를 쏟아부으면서 주옥 같은 작품을 쓰고 있는 시인이다. 동시와 시를 서정 문학의 범주에서 탄생한 일란성 쌍둥이로 볼 때, 그의 작품 세계는 앞으로 더욱 풍성한 수확을 기대할 수 있을 것이다.

들꽃을

가만히 보고 있으면

왠지

마음이 아려온다.

내 모습 봐 줄까,

내 향기 맡아줄까

누군가가

누구라도

맘 조이며,

맘 조이며

홀로 핀 들꽃

하염없이

그 곁에

앉아 있고만 싶다.

-「들꽃」 전문

낙동강 가에 사는

내 친구는

푸른 강물만큼이나
출렁이는 기쁨도
내 마음에 심어주고

흰 모래밭 속에 숨겨진
시 씨앗을 찾아내어
내 손 안에 꼭 쥐어 주고

물총새 꽁지 끝에 매달린
흰 구름도 따다가
내 가슴에 한 아름 안겨준다네.

낙동강 가에 사는
내 친구는

 -「낙동강 가에 사는 내 친구」 전문

동시집 『내 마음의 내시경』에 실린 작품이 거느리
고 있는 가장 큰 미덕은 강한 호소력으로 다가오는 현
장성이다. 그 현장에 시인이 있고 시인의 눈에 비친,
시인의 마음에 와닿는 대상의 숨결과 맥박이 손에 잡

힐 듯 생생하다. 약간의 레토릭이 허용된다면, 시인은, 시인의 마음은 어떤 길을 통해 대상을 향해 걸어갔을 것이고, 대상을 향해 손을 내밀고 마음을 주고받고 있다고 말할 수 있다. 무슨 해설이 끼어들 여지도 없이 작품은 작품 그 자체로 살아 움직이고 있으며, 어린이는 물론 어른들의 굳은 가슴마저도 쉽게 열어젖히는 생명 에너지를 전해 주고 있다.

시원스레 갈라지는 밭이랑 사이로
듬성듬성 아버지의 맨발이 묻히고
땀 밴 어머니의 이마 위에
세월이 와서 머물고 있었다.

밭두렁에 앉아서 냉이를 캐면
냉이보다 진한 봄이
콧잔등을 간질이는 오후

진달래꽃처럼 환한 웃음을
도랑물에 담그고 냉이를 씻으며
두둥실 벙그는 마음을 달래던

오늘 아침 식탁 위

냉이국 속에는

아,

어머니

어머니가 잔잔히 웃고 계신다.

　이번 시집 『다시 길 위에서』에 실린 「냉이국」 전문
이다. 앞에서 살핀 두 편의 동시처럼 독자의 가슴을
쉽게 열고 들어와 가슴 뭉클한 공감을 불러일으키는
힘이 있다. 서정적 방법론과 카테고리는 같지만, 작품
의 현장성이 한층 더 강화되면서 손에 잡힐 듯한 생생
한 리얼리티를 뿜어내고 있다. 두 계열의 작품을 굳이
동시와 시로 나누어서 감각하거나 인식할 필요가 있
겠는가. 앞의 두 편을 시라고 해도 좋고, 뒤의 한 편을
동시라 해도 좋을 것이다. 그럴 필요가 없지만 굳이
그 차이를 말해본다면, 자아와 세계가 만나는 현장성
이 자연을 향하고 있느냐 삶의 현장을 향하고 있느냐
정도라고 생각된다.
　이용순 시인의 서정적 자아는 세계가 어디 있는지
잘 알고 있으며, 세계로 가는 길을 본능적으로 꿰뚫고

있다. 그래서 거침없이 성큼성큼 걸어 들어가서 세계 내世界內 존재를 만나서 손을 내밀고 가슴을 여는 것이다. 바로 이 지점에서 동시와 시의 구분은 없어지며, 거시적 관점에서 시적 상상력이 작동하는 서정 문학으로서의 시가 되는 것이다. 이 시집의 제목『다시 길 위에서』의 "길"은 이용순 작품 세계의 미학 아이덴티티며, 순수 서정의 부드럽고 강력한 에너지로 자아와 세계를 이어주는 창작 매커니즘으로 작동하고 있는 핵심 모티브라고 할 수 있다.

2.

내가 가장 소중하고 값지게 생각한 이용순 작품 세계의 가장 큰 미덕은 길을 모티브로 한 서정적 상상력이 갖고 있는 순수성과 진정성이다. 그는 순수한 눈과 진정한 가슴으로 세상과 만나고 있으며, 자신이 걸어온 인생을 정직하게 응시하고 진지하게 끌어안고 있다. 시인은 자신을 향해 나는 그동안 어떻게 살아왔는가 물으며 두터운 시간의 지층을 뚫고 내려가 추억의 광맥을 캐낸다. 말하자면 시인의 상상력이 과거의 어느 지점을 향해 "길"을 내고 성큼성큼 걸어 들어가서 유정한 추억을 만나는 것이다.

나 패랭이꽃 같은

소녀 시절

몹쓸 병 들어

물 한 모금도 못 넘기고

저승 사람 다 되어

참새 가슴으로 숨만 붙어

할딱일 때

어머니 눈물로 채워진

흰죽 한 사발

내 입 속으로 넣는 수저

어머니 손

죄인처럼 떨기만 하시더니

지금도 나는

흰 색깔만 보면

그 흰죽 한 사발 생각나서

가슴이 미어진다.

　　　　　　　　　　　　－「흰죽 한 사발」전문

스물일곱 꽃다운

오빠는 한 마리 학이 되고

여섯 살 계집아이는

칠십여 년 세월 지난

저승의 문턱에서

6월 다시 절뚝거리며

하이얀 개망초꽃 무리와 마주 선다

(…중략…)

옥양목 두루마기 눈이 부신

오빠는 강 저편에서

손을 흔들고

나도 한 마리 물새 되어

훨훨 저 강 따라 건너리라

−「오빠 생각 2」부분

시인의 상상력은 무려 칠십여 년의 시간을 뚫고 들어간다. 추억의 갈피를 뒤지고 뒤져 "흰죽 한 사발"로

치환되는 어머니의 사랑을 캐내고, 한국전쟁에서 목숨을 잃은 오빠의 허무한 인생을 생생하게 소환하고 있다. 스물일곱 살의 젊은 오빠는 지금도 "옥양목 두루마기 눈이 부"시며, 나도 머잖아 "한 마리 물새 되어/ 훨훨 저 강 따라 건너" 오빠 곁으로 가리라 온몸으로 예감하고 있다. 이러한 과거 회귀적 시편들은 「아버지」 연작과 「어머니」 연작, 「자목련」, 「햇살」 등 제3부의 테마 시로 폭넓게 전개되고 있다.

시인 이용순의 인생은 이처럼 아픈, 이처럼 애달픈, 그러나 다시 한번 시로 아로새겨 놓지 않을 수 없는 시간을 딛고 지금 이곳에서 현재진행형으로 전개되고 있다. 상상력이 현재를 응시하면서 어떤 대상을 향해 "길"을 낼 때, 그의 시는 그의 작품 세계는 어떻게 전개되는가. 그는 이렇게 노래한다.

가신 세월

멀고도 아득한데

버릇처럼 가슴 속

깊은 곳에 자리하고서

시시때때로 다가오시는 어머니

마른 볏짚처럼 푸시시 널브러진

세월의 패잔병 시체들을

떨리는 손으로 쓸어 모으며

이제는 멀지 않아

어머니 뵈올 날을

손꼽아 본다

—「거울 앞에서」 부분

시인은 지금 "거울 앞에 앉아 빗질을 하"고 있다. "우수수 빠져나가는 머리카락〉이 〈방바닥에 거뭇히/ 흩어지"고 있다. 그는 자신의 "분신들"을 지켜보면서 어머니 곁으로 떠날 날을 예감한다. 그러나 시인은 허무주의에 빠지지 않고 또다시 나아갈 길을 찾고 있다.

그가 현실을 향해 찾아 나선 길을 조금 더 깊이 따라가 보자. 첫 시집의 표제 시 「다시 길 위에서」 시인은 칠십여 년을 쌓아온 시간의 지층 위에서 하늘이 부르는 날까지 무언가를 새롭게 모색하고 새로운 길을 찾아 나서고 있다. "나는 지금/ 길 위에서도 길을 잃었으니/ 저당 잡힌 나의 오늘은 바람뿐이"(「길 위에서」)라고 탄식하면서도 다시 걸어가지 않으면 안 된

다는, 새로운 세계를 찾지 않으면 안 된다는 결연한
의지를 노래하고 있다.

> 그러나
> 내 의식의 궤도를
> 행성처럼 빙빙 떠돌며
> 그것은 반란이었다.

> (…중략…)

> 내 육신을 포장한
> 거추장스러운 의상과
> 내 양어깨를 짓누르는 삶을
> 훌훌 벗어던지고
> 이제는
> 다시 길 위에서
> 나는
> 내 영혼의 잃어버린 주소를 찾아
> 부러진 발목을 곧추세워야 한다
>> ―「다시 길 위에서」 부분

이 작품은 "그러나"로 시작한다. 이렇게 시작되는

작품을 본 기억이 없다. "길 위에서도 길을 잃"고, "벌집 같은 바람뿐"인 현실이지만, "그러나" 여기서 생의 의욕을 잃고 "내 양어깨를 짓누르는 삶" 앞에 무릎을 꿇을 수는 없다고 생각한다. 이 지점에서 "내 영혼의 잃어버린 주소를 찾아/ 부러진 발목을 곧추세워야 한다"는 결의에 찬 노래가 저절로 흘러나오는 것이다. 이 지점에서 나는 이용순 시인의 "내 영혼의 잃어버린 주소"를 "어머니 눈물로 채워진/ 흰죽 한 사발"(「흰죽 한 사발」)에서 찾는다. "흰죽"의 상징은 어머니의 내리사랑이자 그 사랑의 근처에서 스크럼을 짜고 있는 아버지와 오빠를 비롯한 가족 서로 간의 조건 없는 사랑이다. 그 "흰죽 한 사발"의 사랑이 시인 이용순의 인생을 이끌어 현재에 이르게 한 힘이자 "양어깨를 짓누르는 삶" 앞에서 "부러진 발목을 곧추세"우게 하는 의지와 에너지의 원천이다.

시인은 "부러진 발목을 곧추세"워 "바람뿐"인 "나의 오늘"을 뜨거운 가슴으로 끌어안는다.

> 하룻밤에도 두어 번 가는 곳
> 경상북도 칠곡군 북삼면
> 바우람산, 통골, 신비골

범벅재 너머 생명처럼 이어진

아슬한 길 숨이 끊이면

노송 휘어진 앙상한 가지

석가래 걸고 억새풀 지붕 엮어

가슴 풀어헤친

저녁연기 탓하며

등 뒤로 접어둔 세월

골 쩌렁쩌렁 맞받아치리라

—「범벅재 저 너머」 부분

매원천 물빛 여울진 옥색

겸허히 숙여 앉은 산허리

휘감고 돌아

들녘 어디메쯤 다소곳이 모여 앉은

버섯집

그곳에 가고 싶다

(…중략…)

장원봉 봉우리 감싸 안은

한 점 흰 구름이 될거나

사철 저 물 따라 찬연히 넘실대는

숭어 떼로 남을거나

─「그곳에 가고 싶다」 부분

　여기 나오는 "바우람산, 통골, 신비골/ 범벽재"와 "매원천〉과 "장원봉" 등은 시인이 평생을 살아온 삶의 현장으로서 이용순 문학의 리얼리티를 강력하게 담보하는 시어들이다. 이러한 현장성은 「왜관 가는 길」, 「이 작은 도시를 떠나며」, 「전원을 꿈꾸며」 등 많은 작품에 폭넓게 나타나고 있다. 이처럼 그는 시 속에, 시의 행간에 자신의 몸을 얹는다. 끊임없이 자아와 세계의 화해를 꿈꾸고 있는 이용순 문학의 정신은 작품 속에서 "단발머리 찰랑이던/ 소녀의 꿈을/ 보석처럼 간직"하고 있는 "꿈 같은 옛날로 돌아가"(「귀향」)고 있다.

　삼십여 년을 학교 현장에서 후학을 가르친 후 "이용순아동문학연구소"를 연 것, 그후 중국에서 십여 년 넘게 사회 교육에 헌신하면서 우리 문화를 전파한 것, 현재 〈안다미로귀때박물관〉을 열고 다채로운 문화 사업을 전개하고 있는 이용순의 현재적 인생에서, 시인 이용순의 작품 세계의 중핵으로 작동하고 있는 신념과 힘의 원천은 참으로 유정한 상징을 담고 있는 "흰죽 한 사발"이라고 생각한다. 바로 그 힘으로 그는 지금 작품은 물론 현실 속에서 "꿈 같은" 아름다운 귀향을 이루어 가고 있는 것이다.

3.

이용순 시인의 미래 지향적 방향성은 밝고 건강하다. "시詩를 건지러" "바다에" 갔다가 "시린 빈 손만 비비다 돌아서"(「바다에서」)기도 하고, "칠 년 가지 끝에 바람이 와서 머물더니/ 심장의 피 한 모금 물고/ 동백이"(「설동백」) 피는 것을 보기도 하고, "즐거운 노동의 대가로/ 과육을 살찌우고/ 제 살점 찢기우고도/ 남은 씨앗 한 알 땅에 묻는/ 열매는 소중하다"(「나무」)고 노래하기도 한다. 시집 4부를 가득 메우고 있는 여행 시편들과 2부의 꽃을 모티브로 한 시편들 모두 미래의 시간 앞에 내걸린 발랄하고 아름다운 세계의 표정이자 숨결이며 맥박들이다. 시인은 그 살아 숨 쉬는 세계와 세계내世界內의 모든 존재들이 뿜어내고 있는 눈부신 아우라 앞에서 숨을 멈추기도 하고 "잠을 잃〉기도 하는 것이다.

바람이 잔다

바다도 잔다

갈매기도 따라 잔다

나는 잠을 잃은 지 오래다

—「용포리의 밤」 전문

흔들려도
짓밟혀도
다시 일어서거라

연약해도
숨어서도
향기 잃지 말거라

—「풀꽃에게」 전문

　"바람"도 "바다"도 "갈매기"도 잠이 든 바닷가 어촌 용포리의 한 숙소에서 "잠을 잃"은 시인은 지금 칠십 대 후반을 걸어가고 있는 어린 소녀다. 그러나 깊고 두터운 세월의 지층에 한껏 발효된 추억들을 가슴에 안고, 세상을 향해, 세상의 약한 존재들을 향해 "짓밟혀도/ 다시 일어서거라", "연약해도/ 향기 잃지 말거라" 육화된 지혜의 메시지를 던지고 있는 것이다.

그러나 이 시집은 그의 인생을 담고 있다. 그의 서정적 상상력은 본질적으로 동시의 영역에 닿아 있지만, 깊고, 넓고, 무겁고, 애달프고, 아프고, 힘든 인생 전반을 동시로 아로새기기 힘들었을 것이다. 권정생이 동화로 풀어낸 『몽실언니』처럼 서사문학이라면 가능할 수도 있었으리라. 그러나 동시는 그렇게 접근하기 쉽지 않은 장르다. 나는 이 시집을 이용순의 서정적 상상력이 시의 형식으로 순수 서정에 바치는 일자상서一字上書로 읽는다.

피는 것이 한순간이더니
지는 것도 한순간이더라

있는 그대로의 모습으로 살아가라는 메시지를 던지고 있는 작품 「꽃」 전문이다. 존재의 숙명한 단 두 줄로 표현하고 있는 촌철살인의 에스프리자 오래 잊

히지 않을 아포리즘이다. 다시 한번 강조하거니와 그의 인생은 "흰죽 한 사발"에 뿌리를 대고 있으며, 그의 작품들 또한 "흰죽 한 사발"의 상징 그 언저리에 뿌리를 대고 피어나서 저마다의 아름다움과 향기를 지닌 풀꽃들이다.